Claire Bretécher

LES FRUSTRÉS 2

Préface de Jean Daniel

Librio

Texte intégral

DU MÊME AUTEUR

Les Frustrés - l'intégrale
Les Frustrés - 5 vol.
La vie passionnée de Thérèse d'Avila
Le destin de Monique
Les mères
Docteur Ventouse Bobologue - l'intégrale
Tourista
Agrippine
Agrippine - l'intégrale
Agrippine prend vapeur
Les combats d'Agrippine
Agrippine et les inclus
Mouler Démouler
Agrippine et l'Ancêtre
Agrippine et la Secte à Raymonde
Moments de Lassitude-portraits
Portraits Sentimentaux
Allergies

EN LIBRIO

Les Frustrés, Librio n° 735
Agrippine, Librio n° 736 (à paraître en janvier 2006)
Agrippine prend vapeur, Librio n° 739 (à paraître en janvier 2006)

Hyphen SA - Paris
130, boulevard Péreire - 75017 Paris
Tél : 01 43 18 20 18
Fax : 01 43 18 20 19
E-mail : hyphen @wanadoo.fr

PREFACE

Interrogé par une télévision étrangère sur la chronique **politique** qui pouvait le mieux représenter le Nouvel Observateur, j'ai répondu sans hésiter : la page remplie chaque semaine par les dessins de Claire Bretécher...

On a cru à une boutade. Et, dans une certaine mesure, à l'époque au moins (il y a plus de deux ans), c'était en effet une boutade. Mais, aujourd'hui, je n'aurais pas le sentiment de forcer le paradoxe en affirmant que la page des **Frustrés** est à coup sûr, en profondeur, et au second degré, l'une des chroniques les plus efficacement politisées de notre hebdomadaire.

C'est que je n'ai pas une conception "politicienne" de la politique. Je me soucie comme d'une guigne de savoir si tel ministre de centre gauche va remplacer tel autre de centre droit. Ce côté de notre métier à vrai dire m'assomme quand il ne me donne pas la nausée. La politique, c'est pour moi, pour nous, la vie dans la cité, les rapports entre les êtres, mais aussi les comédies que les êtres jouent à l'intérieur de ces rapports. Et pour dénoncer de telles comédies Claire Bretécher a quelque chose d'irremplaçable : la dérision.

En général, et avec un talent que je n'en finis pas d'envier tant il fait paraître nos éditoriaux bavards et sentencieux, nos amis dessinateurs accompagnent nos cris, illustrent (ou précèdent) nos indignations, accentuent nos polémiques. Claire Bretécher, elle, s'est placidement installée en travers de notre courant. Elle est l'obstacle rieur et le regard en biais. C'est en se tordant qu'elle met en histoires nos tics, nos réflexes, nos secrets accommodements avec le ciel des idéologies. Elle est notre contre-pouvoir. Et grâce à Claire il est désormais impossible de se prendre au sérieux au Nouvel Obs.

Grâce à Claire... Je la revois entrer dans mon bureau, distante, méfiante et têtue. Elle n'avait qu'une seule crainte : se laisser apprivoiser ou se laisser surprendre. Entrer dans le bureau d'un responsable, c'était visiblement pour elle entrer chez l'ennemi. Il ne fallait pas se laisser avoir. Un bureau c'est un piège. Surtout quand on est une femme et que le responsable se dit de gauche.

Alors avec un scepticisme boudeur, elle a dit : "Je ne vois pas ce que je peux faire ici".

- Vous moquer de nous. - "Chaque semaine?" - Oui, chaque semaine.

Elle m'a dit qu'elle ne vivait pas parmi nous. Je lui ai dit qu'elle nous devinerait en nous lisant, en nous regardant vivre et d'ailleurs en se regardant vivre elle-même.

- Mais si je regarde en moi, ce n'est pas vous que je trouverai. Je ne fais pas de politique et vous m'exaspérez souvent.

Je lui ai répondu que c'était la situation idéale, qu'il lui fallait traduire ses exaspérations. Elle est repartie toujours méfiante, mais perplexe et finalement tentée. Elle avait été complètement déroutée, c'est ce qu'elle dira plus tard, par ces intellectuels de gauche qui ignorent la chaise longue, pratiquent l'humour, se mettent constamment en question et quémandent la critique. De notre côté nous n'étions pas peu fiers d'avoir désarmé la plus rebelle des incrédules.

Et les dessins sont arrivés avec leurs personnages soigneusement caricaturaux soulignant que nous sommes faits pour exaspérer et que souvent nous nous exaspérons nous-mêmes. Pas l'ombre d'un masochisme dans ce comportement. La plus allègre santé au contraire. Dans cette période de mutation nous sommes tous des frustrés puisque nous n'arrivons pas à vivre au rythme éperdu des idées nouvelles que nous préconisons. Alors nous brandissons le miroir assumé des contradictions dans lesquelles les pharisiens enragent ou refusent de se reconnaître. Si dans une famille quelqu'un est assez tartuffe pour refuser la trop fidèle image de lui-même offerte par Claire Bretécher, il y a toujours un enfant pour dire : mais c'est précisément ce que tu as fait hier.

Le double langage, le snobisme ouvriériste, le parisianisme jargonnant, la révolution en chambre : rien n'échappe à Claire Bretécher. La difficulté moderne, parfois grotesque, que nous avons tous à aller jusqu'au bout de nos idées : voilà le sens implicite de tous ses dessins. Aller jusqu'au bout, cela donne Antigone ; mais s'arrêter en chemin, cela peut donner "les Précieuses". Comme on ne peut pas être Antigone tous les jours, on donne dans "Les Précieuses" à chaque minute. Comment assumer entièrement l'établissement en usine, le gauchisme des fils de bourgeois, l'obscur langage de ceux qui prétendent s'adresser aux masses, le féminisme triomphant et l'éducation laxiste des enfants dans un même mouvement ?

Si Rousseau n'avait pas été Rousseau, comment aurait-on accepté de lui qu'il ait mis ses quatre enfants à l'assistance publique, au moment même où il concevait l'Émile, c'est-à-dire un traité sur l'éducation ? Bretécher éreinte en se jouant ce côté là de Rousseau. Elle est la servante de Molière, avec le féminisme en plus, qui incarne le bon sens et use de la dérision, mais toujours sur de savants et différents niveaux. Regardez un de ses meilleurs dessins : cette femme qui se plaint de l'être machiste, sexiste, dominateur, exploiteur avec qui elle vit. Elle se lamente et se révolte. Au dernier dessin de la bande on s'aperçoit que l'être dont elle se plaint est une femme. Triple lecture, mille niveaux. Le sexisme ne dépend pas du sexe. L'oppression est une répartition des rôles. L'aliénation c'est l'esclavage consenti. Ou alors cette femme est assez homme pour adopter l'image du mâle dans sa complaisante horreur. Si l'on dit tout cela à Claire Bretécher, elle raconte qu'elle n'a voulu que faire le récit d'une histoire drôle. Et cela non plus n'est pas faux. Cocteau souvent, et citant La Fontaine, disait la même chose.

Encore une réflexion, et celle-là, très personnelle. Pour moi qui considère que la plus grande pièce de théâtre politique de tous les temps est l'inépuisable **Tartuffe** de Molière ; pour moi qui estime que le premier grand film politique du siècle reste **Les Temps Modernes** de Chaplin ; pour moi enfin qui pense qu'il y a un usage politique du divertissement et qui ai une sainte horreur des romans à thèse, de l'avant-garde prêcheuse et des chansons édifiantes, je remercie Claire Bretécher d'être **d'abord** une excellente dessinatrice. Artisan et artiste, technicienne et professionnelle. Le reste, lui est donné de surcroît.

Jean Daniel

Histoire des Religions

NON AUX CENTRALES NUCLÉAIRES
Mets ta main là... tiens bien fort... parfait !
NON AUX CENTRALES NUCLÉAIRES
ne bouge pas Frédéric
NON AUX CENTRALES NUCLÉAIRES
toi fais comme Frédéric... regarde Frédéric
THOMAS REGARDE FRÉDÉRIC
Tiens ça, Thomas
veux aller dans la 'oitu'
on va dans la voiture tout à l'heure, d'abord on va à la manif
non pas à la manif veux aller dans la 'oitu'
voyons, tu ne veux pas que les petits poissons meurent et que les pauvres pêcheurs n'aient plus de travail ?
on i va ?
pourquoi i meurent les petits poisons ?
je t'ai déjà expliqué : les vilaines centrales nucléaires vont verser de l'eau chaude dans la mer et ça va les tuer !
tu ne veux pas hein ?
on i va ?
NON AUX CENTRALES NUCLÉAIRES
non
veux aller dans la 'oitu u u'
on i va ?
écoute laisse-les tranquilles ils sont trop petits !
Thomas i veut pas aller à la manif !
alors moi on m'a emmerdée toute mon enfance avec des processions de la Fête-Dieu et maintenant on veut m'empêcher d'envoyer mes enfants à une manif ?
BRETÉCHER

UN HOMME SIMPLE

Dans ce débat il faut être honnête et je vais l'être...
... je le dis et je l'avoue très simplement tout intellectuel de gauche que je suis...
... et sans du tout chercher à me justifier car j'estime n'avoir pas besoin de justification...
... je veux dire et je n'hésite pas à le dire parce que c'est VRAI et NORMAL...
... encore qu'il faille expliciter le concept de normalité mais ça nous éloignerait de notre propos
... je veux dire qu'au niveau de la DIS-TRAC-TION...
... bien sûr je pourrais prétendre que je cherche à intégrer la demande culturelle de la masse des travailleurs ce qui ne serait d'ailleurs pas entièrement faux...
... mais je ne veux pas me réfugier derrière cet argument facile...
... je dis seulement que de temps en temps, je dis bien "de temps en temps" parce qu'il ne faut rien exagérer...
... bien sûr c'est seulement quand je suis crevé, quand j'ai eu une journée particulièrement épuisante...
... et je n'ai pas peur de le dire, je l'avoue très simplement et ça me semble très important...
... le soir, eh bien il m'arrive de regarder des imbécillités à la télé !
BRETECHER

DOUTES

je t'ai vu hier soir à l'émission de Pivot
ah oui ? comment t'as trouvé ?
ben... tu passes très bien à l'image mais, tu vois, j'étais avec Sophie et...
comment elle a trouvé Sophie ?
ben... elle a trouvé que t'étais pas très net...
comment ça pas très net ?
écoute... je ne me rappelle pas exactement ce que tu as dit mais c'était... enfin je veux dire... ça m'a un peu surpris...
c'est quand j'ai parlé de l'autogestion ?
voilà, c'est ça... tu t'es un peu défilé... enfin c'est l'impression que ça donnait...
ça m'embête ce que tu me dis !
si c'est ce que les gens ont ressenti c'est embêtant
c'est à dire que nous on te connaît bien alors on est plus sensible à ça forcément
je me suis sans doute mal exprimé... c'était du direct c'est quelquefois difficile de se rendre compte...
j'imagine
tu penses que j'avais l'air en désaccord avec moi-même par rapport à mon livre ?
un peu un peu
ça m'embête... je m'en fous remarque mais quand même ça m'embête !
à ton avis, ça faisait vraiment suspect, je veux dire politiquement ?
ben... tu vois... c'était à la limite
c'est emmerdant ce que tu me dis !
tu crois que ça peut être mauvais pour la vente ?
BRETECHER

LES FLIPPÉS DE L'UNDERGROUND

CONCORDE
JACQUES CHIRAC
tous des cons !
veulent rien foutre
te mettrais ça au boulot moi
coups de pied au cul...
dans la Résistance
c'était une autre
paire de manches !
CONCORDE
avec tous ces otages, là...
ça n'excite pas ça...
de Gaulle l'aurait mis ça au pas
que ça aurait pas traîné
CONCORDE
tous les jeunes
six mois de tranchée !
pas contents ?
douze balles dans la peau
c'est une question
de principe
treize Francs un faux-filet
c'est ça la France ?
des Communistes, des juifs,
des arabes, la voilà la France
et l'ouvrier dans tout ça ?
CONCORDE
JACQUES CHIRAC
l'ouvrier il trinque l'ouvrier !
qu'à fermer sa gueule
c'est la fin
de la civilisation
CONCORDE
qu'est-ce
qu'il y a
comme dingues !
CONCORDE
BRETECHER

Nevermore

et voici le nouveau livre de Raymonde Amineau aux Editions des Femmes...
AH NON ÇA SUFFIT BON DIEU !
ON NE VOIT PLUS QUE DES FEMMES ON N'ENTEND PLUS PARLER QUE DE FEMMES Y A PLUS QUE LES FEMMES QUI EXISTENT C'EST PAS VRAI !
LES FEMMES LES FEMMES LES FAAAMES ON LE SAURA !
MOI J'AI JAMAIS ÉTÉ CONTRE... RECONNAIS QUE TU FAIS CE QUE TU VEUX ! C'EST PAS MOI QUI T'EMMERDE ! T'ES PAS TELLEMENT OPPRIMÉE NON ?
ALORS BOUCLEZ-LA DE TEMPS EN TEMPS OUI ? ON VA QUAND MÊME PAS SE LAISSER TRAÎNER DANS LA BOUE JUSQU'À PLUS SOIF !
En Afrique ils sont pas cons... ça fait longtemps qu'ils ont trouvé la solution : LE HAREM !
c'est pour ça que j'étais fait tiens ! toi aussi d'ailleurs tu adorerais ça... si si ! pas la peine de prendre tes grands airs...
et ça te rendrait plus aimable parce que tu aurais de l'émulation... vous voudriez toutes être ma favorite...
moi j'arrive je claque des doigts et vous voilà toutes les sept languissantes à mes pieds Parfaitement !
POUÈÈÈT
... dans lequel Raymonde Amineau raconte la prise de conscience et le combat des femmes Touboulés de la tribu des M'Ba...
BRETÉCHER

l'enfance nue

Samantha a été invitée un week-end à la campagne chez une copine d'école elle est revenue Ô-DIEUSE !
Ô-DIEUSE !... il faut te dire que la copine c'est la gamine des chaussures Albert... alors : le tennis, la piscine, tu vois le genre !
Ô-DIEUSE !... alors je lui ai dit : "écoute, tu dois comprendre qu'il y a des gens qui ont beaucoup d'argent et que ce n'est pas très important...
... nous on n'en a pas tellement, bon c'est pas grave, c'est pas ça qui compte"
il faut comprendre qu'on ne peut pas avoir un court, le jardin est trop petit tu peux bien aller au club comme tout le monde
Ô-DIEUSE !... alors je lui ai dit : "écoute, nous on ne peut pas avoir trois voitures alors quand maman a besoin de l'Austin tu peux bien de temps en temps prendre un taxi avec Ingrid, ou même le bus, hein, après tout ?
... figure-toi que tu as de la chance d'avoir une jeune fille au pair pour s'occuper de toi, moi quand j'avais ton âge chez papy et mamie, il n'y avait qu'une bonne"
alors mademoiselle ricane, prend des airs de martyr, la vraie gosse de riches... Ô-DIEUSE !
j'ai beau lui expliquer qu'on n'a pas les moyens d'avoir une piscine à Paris déjà bien beau qu'on ait celle d'Eygalières, c'est comme si je pissais dans un violon
je ne peux pas supporter que MA FILLE ait une mentalité élitiste avec les idées que nous avons son père et moi, c'est quand même un comble !
il y a des fois où je me dis que j'aurais mieux fait de l'inscrire à l'école de la rue Paul Bert, ça lui aurait fait les pieds
... l'ennui c'est que pour passer la prendre en revenant du studio ça n'aurait pas été pratique, la rue Paul Bert est en sens interdit
BRETECHER

LE PARTAGE DE MIDI

Ha ha! c'est toujours à Robert qu'on donne l'addition!
c'est à cause de sa sale tête de ploutocrate...
Bon alors on partage en six hein?
non pas en six en trois on est trois couples...
neuf et je retiens 1
Oui mais nous on a des comptes séparés...
votre vie privée ne nous regarde pas
ça fait 763 FRS 40
moi je n'ai que cent Francs
moi aussi...
personne n'a l'appoint?
attendez... il y a trop là... qui a mis ces 30 Francs
j'ai mis 100 FRS pour nous deux
c'est moi
moi aussi
on va toujours payer on verra après voilà madame
merci bien monsieur
bon alors il y a tout ça en trop
y a qu'à partager en six
mais non! Gisèle a mis juste!
non en trois
alors partageons en 5 je vois pas où est le problème
écoute moi j'ai mis 50 FRS vous m'en devez 15 quelque chose comme ça...
qui vient de mettre ces 10 FRS là?
bon finissons-en: ça pour toi ça pour toi et ça pour moi voilà!
qu'est ce que ça veut dire? comprends pas!
moi j'ai mis 100 FRS qu'est ce que c'est que ces 25 là?
je vais te compter là, sous ton nez!
mais y a qu'à faire une règle de trois, c'est quand même pas compliqué bon dieu!
vous êtes ridicules! y a qu'à donner pareil à chacun
mais non puisqu'on n'a pas donné pareil!
soyons rationnels!
enfin vous êtes cons ou quoi? Paul est obtus c'est pas croyable!
obtus peut-être tout ce que je sais c'est que j'ai mis 100 FRS là!
mais puisque Gisèle a mis 30 FRS bordel!
ce n'est pas la peine de s'énerver! reprenons depuis le début madame on peut avoir six autres cafés?
BRETECHER

(A∪B)∩C̄ / A∩B∩C ! . D = { Ā∩C + B̄∩C / A∪B∪C -
A∪C̄ - B∪C̄ / A∪B∪C }
?

Apostolat

oui mais êtes-vous véritablement conscientes de la finalité de votre action?
car votre lutte est ni plus ni moins celle des travailleurs dans une perspective marxiste-léniniste
ça se peut...
nous ça qu'on veut c'est la libre entreprise
mmouais... pas très branchées au niveau politique
voyons... vous contestez la pourriture d'un système qui autorise la prostitution pour en tirer du fric par le biais de la répression
justement...
...nous on demande de pouvoir bosser tranquilles sans être tout le temps emmerdées...
parfaitement
mais vous bossez aussi pour des proxénètes... alors pourquoi n'abordez-vous jamais le problème du proxénétisme dans vos revendications?
parce que c'est par là que commence votre aliénation vous êtes des travailleurs exploitées par un patron oui ou non?
t'as pas l'heure?
quinze heures vingt
ben dis donc Kiki comment ça se fait que t'es pas au boulot? on n'est pas jour férié
je parie que pendant ce temps-là ta nana fait du secrétariat pour te permettre de penser... arrête-moi si je dis des bêtises
ah les mecs je te jure!
finalement ces gonzesses sont aussi tarées que les autres
BRETÉCHER

BELLE-MAMAN BLUES

je te trouve pâlot, mon petit Hervé..., tu es fatigué ?
ça va très bien maman
tu as les yeux cernés... tu es sûr que tu ne couves pas une petite fièvre ?
mais non pensez-vous ?
Geneviève a toujours été une optimiste
quand tu étais malade étant petit je te faisais des croquettes tu adorais ça...
et ta situation mon chéri ça va bien tu es content ?
ouais ouais
ton pauvre père et moi, nous avons toujours regretté que tu aies dû interrompre tes études... enfin le passé est le passé...
... et puis il est là lui...
oh comme on aime sa maman ! il est content de l'avoir sa maman hein ? c'est qu'il ne la voit pas souvent sa maman, le pauvre chat !
toi tu ne voulais jamais me quitter, tu te rappelles ? quand j'ai dû aller à la clinique tu as pleuré tout le temps...
de toutes façons jamais je ne t'aurais confié à des étrangers
tiens ta poche est décousue... tu n'auras qu'à me confier ta chemise je t'arrangerai ça...
BRETECHER

ODE A TINTIN

Samantha je t'interdis de lire des saloperies pareilles
ça va pas non ?
Voilà ce que ta fille est en train de lire : "Tintin chez les Soviets"
ben quoi ?
laisse-le donc tranquille
ah non, ah non, je ne vais quand même pas démissionner au point de laisser ma fille s'imbiber d'anti-communisme primaire à un âge particulièrement réceptif et influençable
laisse tomber !
rends-le moi
tu es d'une inconscience incroyable, j'estime que c'est très grave... les enfants sont déjà assez fachos de nature
ce que t'es chiant papa !
faut pas exagérer
et d'abord d'où sort ce torchon ?
je l'ai acheté aux Puces avec mémé, avec MON ARGENT
Aux Puces ?.. tu l'as payé combien ?
15 balles à Montreuil rends-le moi c'était mon fric
on trouve encore des trucs à Montreuil
j'ai plus le droit de lire des bandes dessinées maintenant ?
dis donc si jamais c'était une édition de 46... ça vaut la peau des fesses c'est introuvable
A Montreuil c'est pas impossible
si tu as fait un coup pareil, fille, je te tire mon chapeau
quand je pense que j'avais étant gosse et que ma mère l'a jeté
4ème trimestre 73 c'est une ré-édition
ça m'aurait étonnée aussi
je renonce à éduquer cette gamine...
c'est ça fiche-lui la paix !
BRETECHER

LA JOIE DES MASSES

votre film, Colas Dugommeau, montre la lente montée de la conscience de classe dans une biscuiterie de Nantes c'est bien cela ?
c'est bien cela
ça a été une expérience passionnante dans la mesure où nous avons tourné en video donc très vite ce qui donne une grande spontanéité au signifiant
Et vous projetez de projeter ce film dans les entreprises de la région parisienne ?
c'est cela et ce sera suivi d'un débat politique qui concrétisera les intentions du film
je voudrais dire que le film de Dugommeau est très intelligent !
pensez-vous qu'il y ait un public potentiel pour ce genre de film ?
En effet il faut admettre que la consommation culturelle du prolétariat n'est pas de la meilleure qualité
Bien sûr, mais que lui propose-t-on ?...
... projetez le film de Dugommeau à 17 h 30 dans les vestiaires par lesquels de toute façon les ouvriers sont obligés de passer et vous verrez qu'ils acquerront un autre regard dans une autre dimension ... c'est un exemple...
mais ne tombe-t-on pas là dans une forme d'impérialisme culturel ? avons-nous finalement quelque chose à leur apporter ?
absolument pas, bien au contraire...
... c'est eux qui ont tout à nous apporter et c'est justement ce dont nous devons les aider à prendre conscience
oui mais là nous entamons un autre débat
écoutez moi je vais donner un point de vue de droite
je me fais délibérément l'avocat du diable, je sais que c'est un argument bas...
je vais pourtant le formuler brutalement sans précautions oratoires...
..." les travailleurs n'ont-ils pas droit aussi à la distraction ?
BRETECHER

CITIZEN LUKE

"le dogmatisme obsessionnel du conflit de classe ne contribue-t-il pas en fait à marginaliser l'action révolutionnaire...
... en réfutant la thématique univoque de l'intégration sociale malgré la prise de conscience au niveau de la société néo-bourgeoise?"
"La phénoménologie de l'expansion démystifie l'ambiguïté qui paralyse la pensée marxiste au-delà de la scholastique des infrastructures..."
"...Ainsi Robert Wramfpt dans son avant-propos a-t-il beau citer Ralbolski le politologue et le moraliste ne s'en nourriront pas moins des valeurs même de l'universel!"
"... car dans la contre-peinture de Massot tout devient rythme et ce rythme n'est que l'énergie du désir qui décompose l'empreinte du temps en une désécriture modulée...
"... la couleur est alors plus que couleur et la non-couleur plus qu'une absence de couleur qu'on pourrait appeler "a-couleur" le signifiant se confond alors avec le signifié"
"... la transcendance est-elle la nécessaire jointure de l'articulation structurale (et non tant de l'esprit que du cœur) réinventant le discours métaphysique de notre temps...
"... dont auquel par là même Dieu ne serait-il pas, oserai-je le dire, la seule saisissante charnière? ô joie, ô colère sublime!"
"I am a poor lonesome co...
LUCKY LUKE!
LUCKY LUKE
LUCKY LUKE
LUCKY LUKE
calme-toi Joe!
calme-toi Joe!
SCRUNCH
BRETÉCHER

L'APPEL DE L'ESPÈCE

j'arrive pas à savoir si je veux un enfant ou pas
il y a des jours où j'en veux un absolument, alors j'arrête ma pilule
le lendemain je m'engueule avec Raoul et je me rends compte qu'avec lui c'est pas possible
alors pendant 3 semaines je meurs de trouille d'être enceinte, alors je somatise à mort, j'attrape un goitre, j'ai des migraines...
alors je reprends ma pilule et crac : j'en re-veux un
alors je me dis : ouais... faire un môme dans cette société... et puis le soir... pour sortir ça va être compliqué... et si je trouve un autre mec ça va faire des problèmes...
et puis je me dis que c'est triste de vieillir sans enfant... et puis faut vivre cette expérience quoi...
et puis pour mon boulot c'est pas le moment... ça fait dix ans que pour mon boulot c'est pas le moment
en plus quand on en a un faut en avoir un deuxième pour pas que le premier s'ennuie et un troisième à cause de la compétition entre les deux premiers...
bon allez je me décide j'arrête la pilule
ça va encore être l'angoisse
l'idéal serait que j'en attrape un sans le faire exprès
BRETECHER

le secret du bonheur

Ce matin Aurélie m'a déclaré que quand elle serait grande elle serait plombière
bravo!
j'espère que tu l'as encouragée
quand on voit à quel point les pauvres moutards sont poussés aux études ça fait pitié!
ça je suis bien d'accord!
c'est cours particulier sur cours particulier, test sur test pour voir si le chérubin, par hasard ne serait pas surdoué "Comment rendre mon enfant plus intelligent" etc etc... ça y va, crois-moi!
évidemment si ton môme sort de l'ENA ou de l'X, O.K, il est tiré d'affaire, mais pense à la flopée de jeunes qui arrivent sur le marché avec une ou deux faillies licences!
d'ailleurs les employeurs commencent à refuser les diplômés... ils préfèrent les petits démerdards qui n'ont pas d'idées toutes faites...
et puis non seulement ça mais des travailleurs manuels on n'en trouve plus! je connais une boîte d'intérim qui offre une prime de 1000 FRS à toute personne susceptible de lui INDIQUER un bon ajusteur!
ben je vais te dire, s'ils le trouvent, il pourra demander CE QU'IL VEUT le mec!
sans compter que le travail manuel c'est vachement équilibrant, d'ailleurs moi, quand je bricole je pense plus à rien, j'ai plus d'angoisses, c'est assez fantastique...
...si c'était à refaire je saurais dans quel sens aller, je te jure!
et moi donc!
et Etienne qu'est-ce qu'il veut faire?
oh, comme les mecs de son âge: rien foutre... ou alors vaguement du théâtre
il en prendra plein la gueule mais si c'est ça qui lui plaît, tu sais moi hein!
du moment qu'il a son bac!
BRETÉCHER

LES AFFAMÉS DU DÉSIR

les seins des femmes!
les seins des femmes!
les seins des femmes!
les seins des femmes
les seins des femmes!
...des femmes!
les seins des femmes!
les seins des femmes!
les seins des femmes
les seins des femmes
les seins des femmes
les seins des femmes
attends! regarde ce que je vais faire...
les seins des femmes!
PFOUOUOU PFOOOOUUU!
BBBLLLAA BBBLLLAA
les seins des femmes les seins des femmes les seins des femmes
les seins des femmes les seins...
... des femmes les seins des femmes...
tu sais même pas ce que c'est!
si je sais
je vais jouer avec mon lego laisse-moi tranquille!
BRETECHER

LES MAÎTRES DU MONDE

chais pas ce que j'ai depuis quelque temps mais chuis vraiment pas en forme
ah bon, toi aussi? écoute, moi c'est simple, je ne ferme plus l'œil de la nuit
j'ai une espèce de barre là en permanence... j'ai fait faire tous les examens... rien!
oui, moi j'ai une espèce de douleur sur le côté, là, tu vois, ça monte et puis ça irradie dans le bras...
moi ça me fait comme un poids, surtout le soir et le matin au réveil, en même temps je me sens mou j'ai envie de rien faire...
il paraît que ça ressemble aux douleurs d'angine de poitrine Chuis allé voir un cardiologue Rien!
tu peux voir tous les toubibs que tu veux ils te diront tous que c'est psycho-somatique
tu parles! ils sont un peu contents d'avoir trouvé ça! ça leur évite de se casser la nénette
d'ailleurs les toubibs!... t'as qu'à lire ce qu'en dit Illich
remarque Illich dit pas mal de conneries aussi, non, ce qu'il y a c'est qu'on mène une vie trop sédentaire
c'est évident d'ailleurs j'ai décidé d'aller au boulot en vélo
et puis on bosse trop!. regarde, moi, en vacances, détendu et tout, je suis en pleine forme
dis donc, j'ai oublié mon Vabrium File-moi du Tranquilline si t'en as...
dans la poche de ma veste... d'ailleurs je vais en prendre aussi
je vais faire un café
BRETECHER

HELP

tu te donnes un mal mon pauvre chou!
penses-tu, tout est prêt
tu veux que je t'aide?
ben...
tu peux finir de mettre la table si ça ne t'ennuie pas...
O K où sont les couverts?
dans le tiroir de droite en bas...
où?
non le tiroir en bas... juste devant toi là... non, à droite
ici!
Quand on n'est pas dans sa cuisine on ne sait jamais où sont les trucs
c'est vrai!
je mets les à manche noir ou les à manche blanc? il est joli ton presse-citron tu l'as acheté à Habitat? Micheline a trouvé le même aux puces de Montreuil
laisse je vais le faire
non non ça m'est égal je t'assure
dites donc ça usine dur ici...
on garde nos verres ou quoi?
non tu prends les à pied là
les ronds à pied ou les carrés à pied?
un coup de main mon bijou?
BRETECHER

FANTASIA

qu'est-ce qu'on fout là exactement ?
y a que des cons...
ils sont tous jeunes cadres les mecs... c'est pas vrai ?
toujours les mêmes gueules...
personne fait rien y a pas de gens un peu marrants
si tout le monde attend que quelque chose se passe ça peut durer longtemps...
tais-toi je flippe à mort...
Edouard vient pas ?
qu'est ce qu'on s'est marré l'autre jour chez Edouard...
j'ai bien fait de venir en dégueulasse
pourquoi ? t'es très bien...
Jean Paul Lemercier m'a dit bonjour et puis il a disparu...
comment ça... il m'a dit l'autre jour qu'il voulait absolument te connaître, qu'il te trouvait extra...
eh ben il a changé d'avis... je peux te dire que ça me laisse froide
qui est cette loutte en vert ?
c'est l'attachée de presse de Losfeld tu veux que je te la présente ?
on se tire ?
non non
tu veux boire quelque chose ?
je veux bien encore un jus d'orange
je voudrais bien que quelqu'un me dise ce qu'on fout ici...
BRETECHER

Nouveaux contes de fées

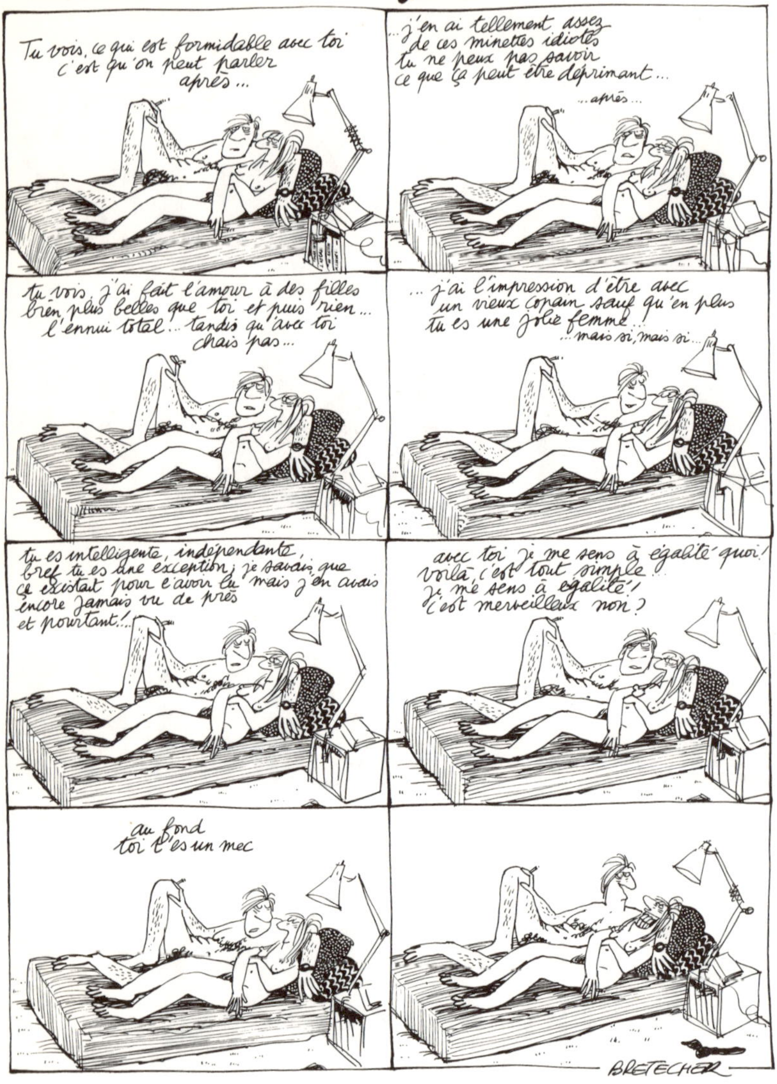
Tu vois, ce qui est formidable avec toi
c'est qu'on peut parler
après...
...j'en ai tellement assez
de ces minettes idiotes
tu ne peux pas savoir
ce que ça peut être déprimant...
...après...
tu vois j'ai fait l'amour à des filles
bien plus belles que toi et puis rien...
l'ennui total... tandis qu'avec toi
chais pas...
...j'ai l'impression d'être avec
un vieux copain sauf qu'en plus
tu es une jolie femme...
...mais si, mais si...
tu es intelligente, indépendante,
bref tu es une exception; je savais que
ça existait pour l'avoir lu mais j'en avais
encore jamais vu de près
et pourtant!...
avec toi je me sens à égalité quoi!
voilà, c'est tout simple...
je me sens à égalité!
c'est merveilleux non?
au fond
toi t'es un mec
BRETECHER

DIES IRAE

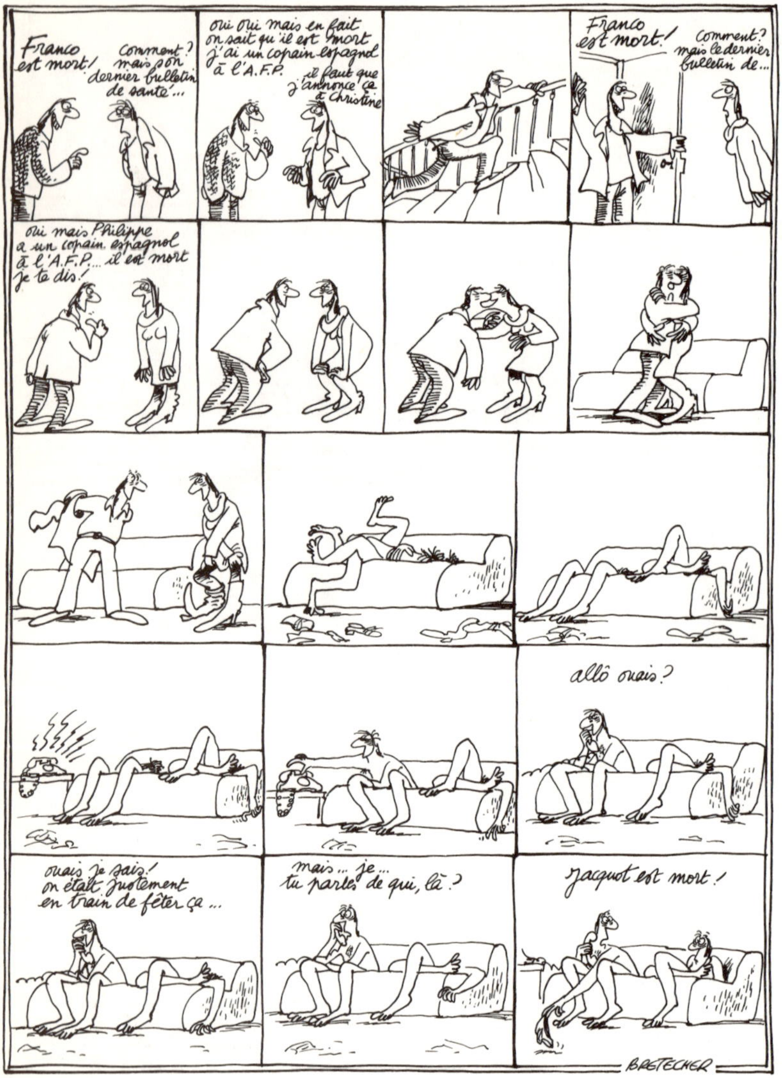
Franco est mort !
comment ? mais son dernier bulletin de santé...
oui oui mais en fait on sait qu'il est mort j'ai un copain espagnol à l'A.F.P.
il faut que j'annonce ça à Christine
Franco est mort !
comment ? mais le dernier bulletin de...
oui mais Philippe a un copain espagnol à l'A.F.P.... il est mort je te dis !
allô ouais ?
ouais je sais ! on était justement en train de fêter ça...
mais... je... tu parles de qui, là ?
Jacquot est mort !
BRETECHER

HÉROS SANS FRONTIÈRES

Pour Pâques on loue une baraque en Andalousie, dans un patelin paumé EX-TRA
c'est sympa de pouvoir enfin aller en Espagne
on avait juré de pas y mettre les pieds sous Franco
quel déchirement pour lui...
oh toi évidemment
et puis un pays où on vous fout en taule pour le moindre accident de bagnole effectivement ça fait hésiter... y en a qui osaient remarque...
si toi tu es pour le français moyen irresponsable qui allait s'agglutiner sur la Costa Brava avec des Belges c'est ton problème...
alors qu'il aurait pu aller au Sénégal
la question est de ne pas cautionner un régime pourri point final
posant ainsi un acte politique à haut risque
écoute Jean-Louis ça commence à bien faire
laisse-le il a sa crise
excuse-moi, c'est le manque de calcium quand je manque de calcium il m'arrive d'attaquer le dogme
nous ce qui nous intéresse c'est d'avoir des contacts avec des Espagnols tu peux comprendre ça à la rigueur ?
En Espagne sous Franco y avait que des Esquimaux
vous fâchez pas, quoi, grands susceptibles... alors comme ça qu'est ce que vous allez leur dire aux Espagnols ?
il ne s'agit pas de DIRE ci ou ça on peut communiquer sur des trucs simples : la récolte... chai pas moi... le temps... la bouffe...
un peu plus de café ça te fera pas de mal
¿ donde esta el azucar de izquierda ?
qu'est ce qu'il raconte ?
BRETECHER

NOS CONSCIENCES

Et si on allait là ?
on va pas chercher une heure, moi j'ai pas tellement faim
oui y a qu'à aller là
dis donc ils se jettent pas sur le client ici !
hé !
un billet de 10.000 balles sous ma chaise...
ça a dû être perdu par les gens qui étaient là avant nous
qu'est-ce qu'on en fait ?
si on le rend au patron de toutes façons il le rendra pas aux gens
il a une sale tête ce patron !
regardez-moi cette gueule de gargotier profiteur
Encore un bon poujadiste moyen tu veux parier ?
il doit pas payer le garçon des sommes folles tu vois ce que je veux dire ?
eh ben au fait y a qu'à donner le billet au garçon
eh ben voilà !
attends attends...
qui est-ce qui te dit que le garçon va le garder ? qu'est-ce qui te dit qu'il ne va pas le donner illico au patron ?
c'est juste tu as raison
à mon avis le garçon est complètement aliéné par son boulot et vachement respectueux de la hiérarchie
oui et s'il rend les 10 sacs au patron on n'aura fait que l'enfoncer dans son aliénation
à tous les coups
ça c'est sûr !
bon écoutez on paie l'addition avec et puis c'est tout
difficile de faire autrement...
c'est quand même insensé d'être obligés d'en arriver là !
BRETÉCHER

VERS L'ABÎME

A ta place je ne le ferais pas.
oui mais deux millions anciens...
peut-être mais pour la suite de ta carrière c'est très mauvais...
ça fait 8 mois que je suis au chômage mon chou!
pense à ton image de marque...
mon image de marque: quatre minutes de figuration dans le dernier Zidi... arrête!
quand même si j'étais toi je le ferais pas
deux briques!
tu vas perdre ton chômage
penses-tu! Martine s'est pas gênée pour aller pointer entre deux coups...
à propos qu'est-ce qu'elle en dit Martine?
elle dit que la première heure c'est dur et qu'après on n'y pense même plus...
évidemment, Martine à douze ans elle passait déjà aux Folies-Pigalle
André m'a juré que je serai toujours coupée à la taille et que la caméra serait à un kilomètre
il paraît qu'ils disent toujours ça
il faut que je me décide le tournage commence le cinq
tu devrais pas le faire
deux briques, tu te rends compte?
et ta mère?
tais-toi!
si elle l'apprend elle meurt
tu crois que ça marcherait si je lui dis: "maman donne-moi deux millions sinon je tourne "Douces Pénétrations"?
BRETECHER

GUIGUITTE ET LES HOMMES

je suis moche
tu es folle
je suis IMMONDE et je le sais
arrête tes conneries
c'est pas immonde ça peut-être ?
c'est meugnon
c'est meugnon ça ? c'est meugnon ça ? c'est meugnon ça ?
mmouiiiiii
FLAP FLAP
je devrais toucher une pension d'invalidité avec toutes les tares que j'ai
je vais leur dire deux mots à tes petites tares
comment avoir un minimum de confiance en soi quand on sait qu'on ne peut pas plaire ?
mmh
autant que je me fasse une raison... je ne plairai jamais à aucun mec
ça ira pour moi
toi évidemment...
... mais je ne pourrai jamais plaire à un mec normal
alors je ne peux pas m'exprimer un tant soit peu sans qu'aussitôt ce soit le masque ?

BRETECHER

LE PIGISTE

Le règlement de votre facture ouiiiii… pouvez-vous me rappeler votre nom, monsieur ?
Dugommeau ouiiiiiii… ne quittez pas je vous prie…
De quel travail s'agit-il monsieur ?… trois illustrations pour l'annonce des ceintures Lemercier ?
Ne quittez pas monsieur…
Quel montant la facture ? 150 Francs… ouiiiii… un instant
De quand date votre facture s'il vous plaît ?… fin octobre… ouiiiii… conservez je vous prie
alors moi je lui ai dit, Ecoute donc, si tu veux pas payer la moitié du loyer t'as qu'à te tirer parce que moi chuis pas ta mère, alors il me dit ouais bon,
je paie déjà la bouffe
c'est normal
je lui dis…
Monsieur Blanchard j'ai un monsieur au bout du fil pour une histoire de facture…
Vous voyez bien que je suis en réunion Marlène !
Votre chèque est parti hier, vous allez le recevoir d'un moment à l'autre monsieur…
… je vous en prie au revoir monsieur…
BRETECHER

GUIDE DES PASSIONS

tu comprends
je me fais des mecs
je me fais des mecs
bon, et puis après ?
l'autre jour j'arrive au Lux-Bar, qui est-ce que je vois ? Albert, Marc Lemercier, Dugommeau, Robert et chais plus qui, les cinq à la même table... eh ben je me suis aperçue que je me les étais faits tous les cinq...
Dugommeau c'est un bon coup ?
pas mal
mais Lemercier est nul, avec lui tu comptes les mouches, en plus il a un petit zizi j'ai horreur de ça
BÂÂÂÂ
oh, j'ai oublié de te dire : j'ai un petit sentiment pour Bernard
oh non pas Bernard !
moi qui l'ai pratiqué je peux te dire qu'il n'y a pas plus égocentrique
ouais t'as peut-être raison
en plus ce petit con adore sa femme y a rien à en tirer
ouais t'as peut-être raison
chuis une romantique moi finalement je cherche encore la grande histoire
mmouais moi aussi j'ai mes crises
le problème est que tant qu'à avoir une grande histoire pourquoi plutôt avec celui-ci qu'avec celui-là ?
laisse tomber
et puis baiser ça demande une telle concentration après tout je crois que je vais arrêter...
ça ne te fait rien si je ricane ?
A ton avis est-ce qu'ils me trouvent très libérée ou complètement paumée ?
BRETECHER

L'ENFANT À NÉVROSE

BROUM
BROUM
BROUM
BROUM
BROUM
BROUOUOOM
BROUM
RRRRR
RRRR
on est arrivé
c'est un peu chouette
hein, Jean-Emile ?
DONG
Pourquoi
a-t-il fait ça ?
ce n'est pas normal
que son Œdipe
se manifeste
si tôt
je sais... il n'est pas
programmé du tout...
ça m'angoisse terriblement
c'est sûrement
de ma faute...
L'ENFANT NÉVROTIQUE
je me sentirai
tellement plus tranquille
dans trois ans
quand il aura commencé
son analyse !
BRETÉCHER

HISTOIRE À

LE-MER-CIER SENT DES PIEDS
LE-MER-CIER SENT DES PIEDS
LE-MER-CIER SENT DES PIEDS
BAF
Lemercier a giflé Dugommeau
Lemercier a giflé Dugommeau
SALLE DES PROFESSEURS
LEMERCIER A GIFLÉ DUGOMMEAU
LEMERCIER A GIFLÉ DUGOMMEAU
LEMERCIER GIFLE À DUGOMMEAU LEMERCIER SS
LEMERCIER KAPO
AUSCHWITZ TREBLINKA DACHAU
BERGEN-BELSEN
1

SENSATION

Dugommeau a eu une gifle !
hein Dugommeau c'est vrai ?
c'est Lemercier qu'a donné une gifle à Dugommeau...
qu'est-ce que tu vas faire Dugommeau
ça fait quoi comme effet ?
Dugommeau tu flippes ?
je ne sais pas ce qui m'a pris ... cinq heures de cours ... c'est parti tout seul ...
... après le procès j'irai faire du mouton dans les Causses...
allons allons !
Tu vas passer à la télé Dugommeau !
Est-ce que ton père va faire foutre Lemercier en taule ?
mon frère il a été giflé quand il était petit, parfaitement !
eh bien qu'est ce que vous faites là ? vous devriez être partis... allez... vite !
madame Lemercier je vais profiter lâchement de cet instant de désarroi pour vous avouer que j'ai pour vous une réelle sympathie
MMMOOOUUHH
alors lapin ça s'est bien passé aujourd'hui ?
oui
tu es tout rouge, tu n'as pas la fièvre ?
non
excusez-moi Gisèle c'est nerveux ... j'ai eu six heures de cours...
O.K. Georges !
BRETECHER
2

STILLE NACHT

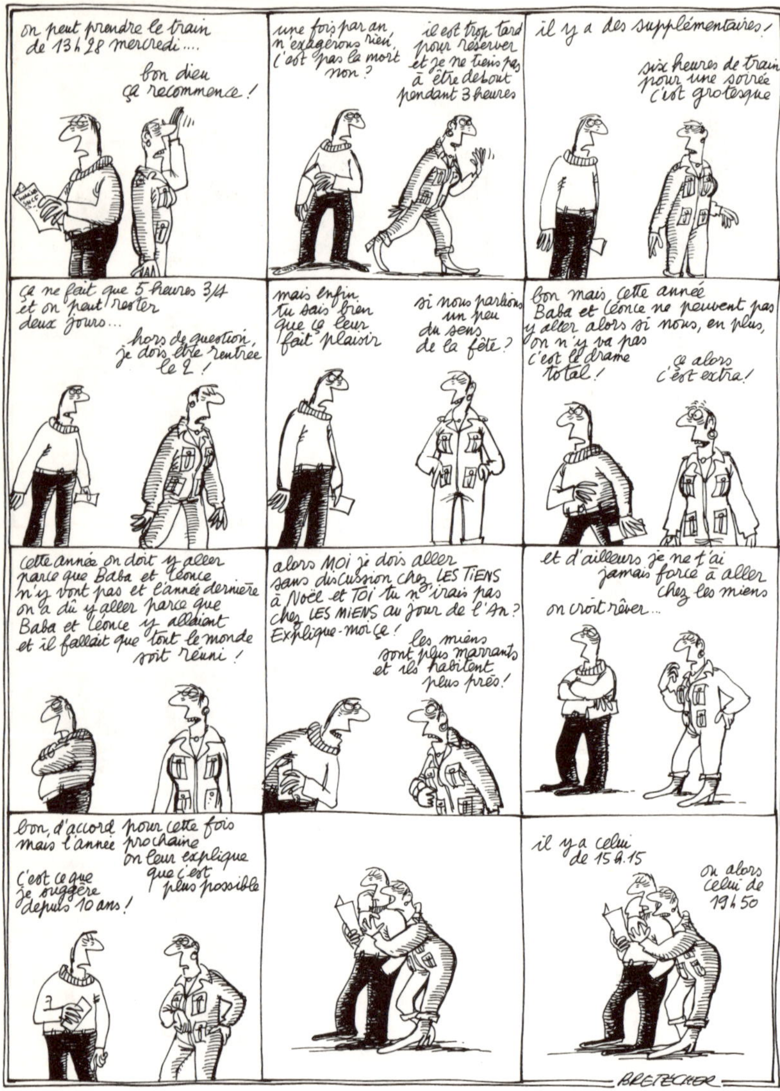
on peut prendre le train de 13 h 28 mercredi....
bon dieu ça recommence !
une fois par an n'exagérons rien, c'est pas la mort non ?
il est trop tard pour réserver et je ne tiens pas à être debout pendant 3 heures
il y a des supplémentaires !
six heures de train pour une soirée c'est grotesque
ça ne fait que 5 heures 3/4 et on peut rester deux jours...
hors de question, je dois être rentrée le 2 !
mais enfin tu sais bien que ça leur fait plaisir
si nous parlions un peu du sens de la fête ?
bon mais cette année Baba et Léonce ne peuvent pas y aller alors si nous, en plus, on n'y va pas c'est le drame total !
ça alors c'est extra !
cette année on doit y aller parce que Baba et Léonce n'y vont pas et l'année dernière on a dû y aller parce que Baba et Léonce y allaient et il fallait que tout le monde soit réuni !
alors MOI je dois aller sans discussion chez LES TIENS à Noël et TOI tu n'irais pas chez LES MIENS au jour de l'An ? Explique-moi ça !
les miens sont plus marrants et ils habitent plus près !
et d'ailleurs je ne t'ai jamais forcé à aller chez les miens
on croit rêver...
bon, d'accord pour cette fois mais l'année prochaine on leur explique que c'est plus possible
c'est ce que je suggère depuis 10 ans !
il y a celui de 15 h 15
ou alors celui de 19 h 50
BRETECHER

CHER BIENFAITEUR

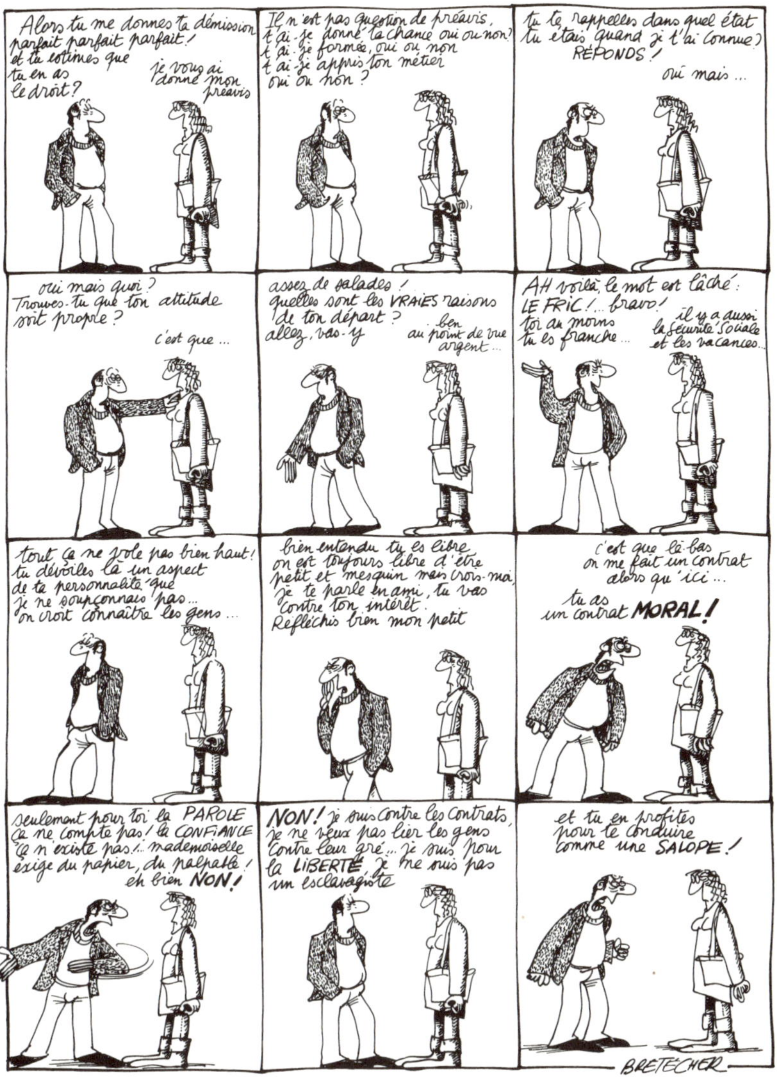
Alors tu me donnes ta démission parfait parfait parfait ! et tu estimes que tu en as le droit ?
je vous ai donné mon préavis
Il n'est pas question de préavis, t'ai-je donné ta chance oui ou non ? t'ai-je formée, oui ou non t'ai-je appris ton métier oui ou non ?
tu te rappelles dans quel état tu étais quand je t'ai connue ? RÉPONDS !
oui mais ...
oui mais quoi ? Trouves-tu que ton attitude soit propre ?
c'est que ...
assez de salades ! quelles sont les VRAIES raisons de ton départ ? allez, vas-y
ben au point de vue argent ...
AH voilà, le mot est lâché : LE FRIC !... bravo ! toi au moins tu es franche ...
il y a aussi la Sécurité Sociale et les vacances ...
tout ça ne vole pas bien haut ! tu dévoiles là un aspect de ta personnalité que je ne soupçonnais pas... on croit connaître les gens ...
bien entendu tu es libre on est toujours libre d'être petit et mesquin mais crois-moi, je te parle en ami, tu vas contre ton intérêt. Réfléchis bien mon petit
c'est que là-bas on me fait un contrat alors qu'ici ...
tu as un contrat MORAL !
seulement pour toi la PAROLE ça ne compte pas ! la CONFIANCE ça n'existe pas !... mademoiselle exige du papier, du palpable ! eh bien NON !
NON ! je suis contre les contrats, je ne veux pas lier les gens contre leur gré... je suis pour la LIBERTÉ je ne suis pas un esclavagiste
et tu en profites pour te conduire comme une SALOPE !
BRETÉCHER

CUISSE DE NYMPHE

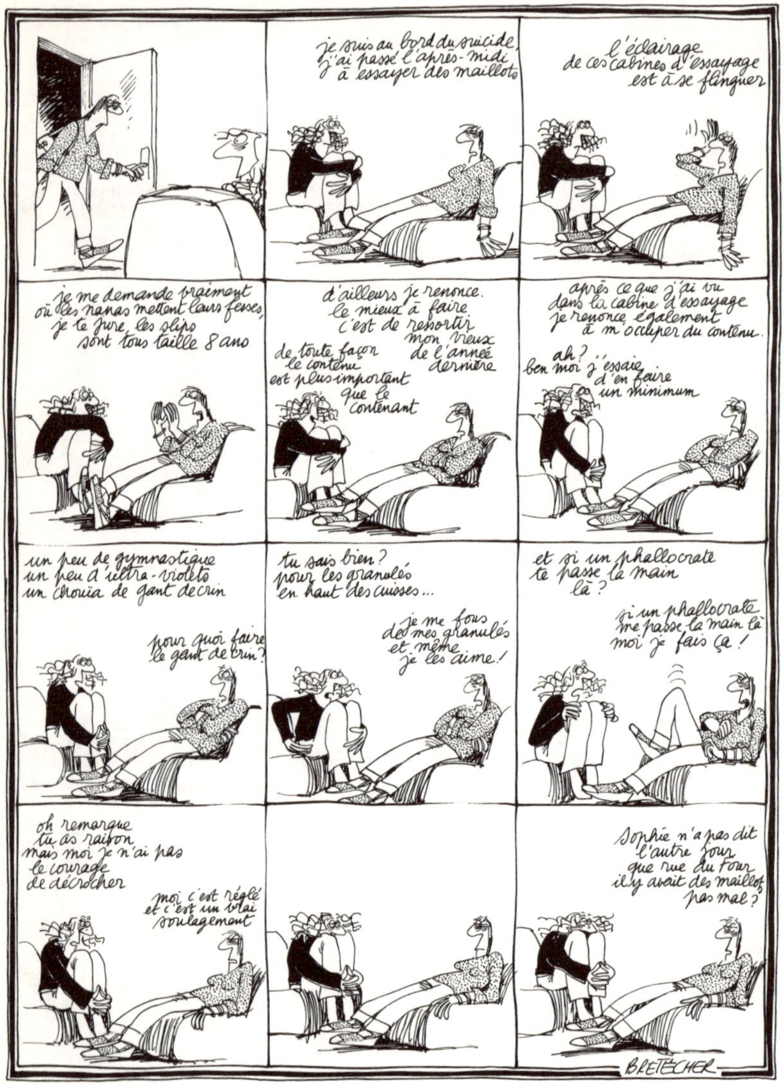
je suis au bord du suicide, j'ai passé l'après-midi à essayer des maillots
l'éclairage de ces cabines d'essayage est à se flinguer
je me demande vraiment où les nanas mettent leurs fesses, je te jure, les slips sont tous taille 8 ans
d'ailleurs je renonce. le mieux à faire c'est de ressortir mon vieux de l'année dernière
de toute façon le contenu est plus important que le contenant
après ce que j'ai vu dans la cabine d'essayage je renonce également à m'occuper du contenu.
ah? ben moi j'essaie d'en faire un minimum
un peu de gymnastique un peu d'ultra-violets un chouïa de gant de crin
pourquoi faire le gant de crin?
tu sais bien? pour les granulés en haut des cuisses...
je me fous de mes granulés et même je les aime!
et si un phallocrate te passe la main là?
si un phallocrate me passe la main là moi je fais ça!
oh remarque tu as raison mais moi je n'ai pas le courage de décrocher
moi c'est réglé et c'est un vrai soulagement
Sophie n'a pas dit l'autre jour que rue du Four il y avait des maillots pas mal?
BRETÉCHER

aliénation

je t'ai appelé la semaine dernière ça répondait pas
j'étais à la Martinique
tu t'embêtes pas! qu'est-ce que tu es allé faire?
bosser
ça s'est bien passé?
mouais tu sais c'est toujours super-crevant ces trucs là...
avec le décalage...
dans un sens c'est sympa de partir pour des raisons de boulot parce qu'alors moi, si c'est pour jouer les touristes...
moi non plus je peux pas supporter
mais d'un autre côté t'as le temps de rien faire et puis finalement, tu reviens, t'as rien vu...
j'en sais quelque chose...
enfin... moi je pars en Corse juin-juillet
juin-juillet? tu t'emmerdes pas!
oui mais j'emporte du boulot qu'est-ce que tu crois? moi à Paris je peux plus bosser!
moi pareil
c'est des déjeuners tous les jours... c'est le téléphone... non c'est pas possible!
je sais c'est plus possible
En Corse je bosse six heures par jour tranquille, à l'aise... on bouffe trois tomates, terminé...
moi l'été dernier en Crète j'ai vachement bossé
au fait et le film?
je t'ai pas dit? en fin de compte Pierre est O.K. pour qu'on tourne en Thaïlande
alors on attend les visas... tu peux pas savoir les démarches que c'est! je deviens dingue...
dur!
dur!
Très dur!
BRETÉCHER

LES VAMPIRES

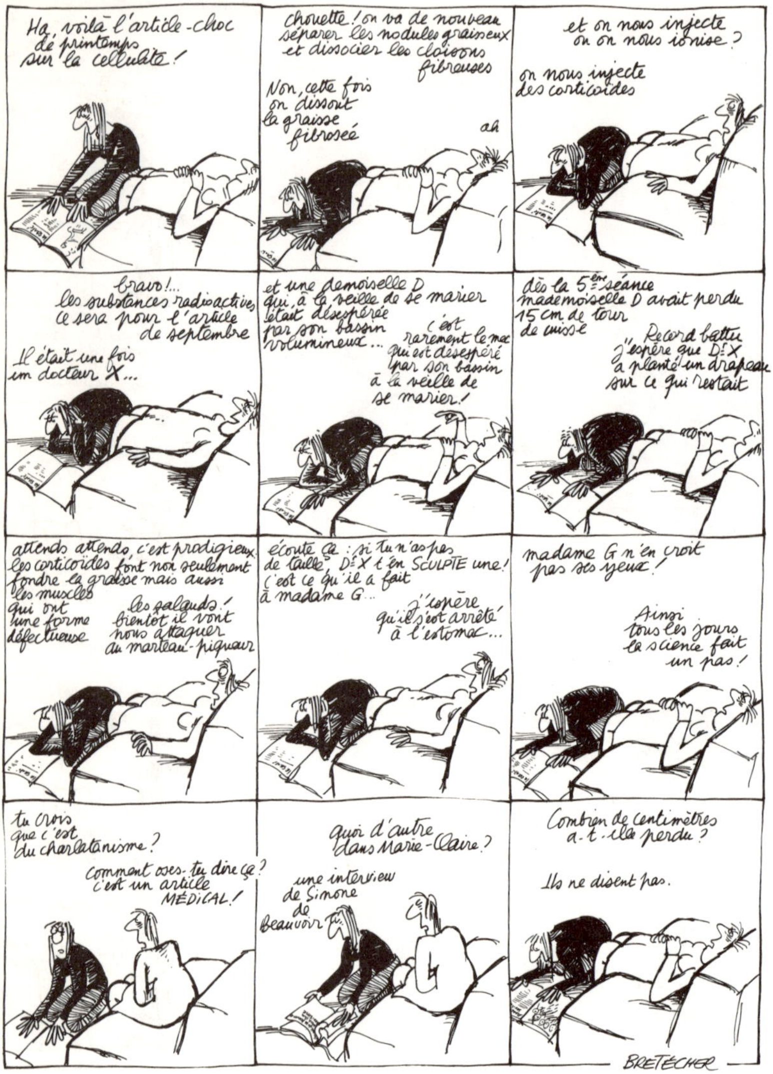

Ha, voilà l'article-choc de printemps sur la cellulite!
Chouette! on va de nouveau séparer les nodules graisseux et dissocier les cloisons fibreuses
Non, cette fois on dissout la graisse fibrosée
ah
et on nous injecte ou on nous ionise?
on nous injecte des corticoïdes
bravo!... les substances radioactives ce sera pour l'article de septembre
Il était une fois un docteur X...
et une demoiselle D qui, à la veille de se marier était désespérée par son bassin volumineux...
c'est rarement le mec qui est désespéré par son bassin à la veille de se marier!
dès la 5ème séance mademoiselle D avait perdu 15 cm de tour de cuisse
Record battu j'espère que Dr X a planté un drapeau sur ce qui restait
attends attends, c'est prodigieux les corticoïdes font non seulement fondre la graisse mais aussi les muscles qui ont une forme défectueuse
les salauds! bientôt ils vont nous attaquer au marteau-piqueur
écoute ça: si tu n'as pas de taille Dr X t'en SCULPTE une! C'est ce qu'il a fait à madame G...
j'espère qu'il s'est arrêté à l'estomac...
madame G n'en croit pas ses yeux!
Ainsi tous les jours la science fait un pas!
tu crois que c'est du charlatanisme?
comment oses-tu dire ça? c'est un article MÉDICAL!
quoi d'autre dans Marie-Claire?
une interview de Simone de Beauvoir
Combien de centimètres a-t-elle perdu?
Ils ne disent pas.
BRETÉCHER

LE REPOS DU CADRE

alors qu'est-ce que tu me racontes? dis donc t'as bronzé?
ouais j'étais dans l'Indre
un stage de créativité payé par la boîte, mais vachement bien... une espèce de manoir aménagé super luxe, très chouette
et ça a consisté en quoi ce stage?
ben le premier jour on t'apprend à te concentrer et à te déconcentrer, par la respiration, tu vois
après tu vas bouffer, après t'as des débats sur le créatif mais très libres, pas du tout directifs, t'es en cabine individuelle avec des écouteurs... après tu bouffes tu te détends...
le deuxième jour on te projette des couleurs sur un écran télé quand ça t'évoque quelque chose t'appuies sur une touche...
par exemple si ça t'évoque un oiseau t'appuies sur la touche "O". ça détermine une autre série d'images etc... après on va bouffer, on bouffe vachement bien d'ailleurs
y a un certain nombre de trucs, y a des tables rondes avec des artistes connus très sympas
ils t'expliquent comment ils trouvent leurs idées, tout ça, tu bouffes avec eux, décontract...
ceci dit on ne bosse pas toute la journée... y a beaucoup de temps libre... y a une discothèque une salle de projection, un auditorium, c'est bien foutu...
on est dans un parc assez chouette, piscine, saunas, on bouffe bien, y a des chevaux, y a des hôtesses pas mal...
ça doit coûter chaud à la boîte mais enfin si ça peut donner des idées à la promotion du sanitaire en France moi je veux bien...
en tous cas c'est pas mon problème... en ce moment je ne pense qu'à une seule chose: les vacances.
BRETÉCHER

CONTRECULTURE

cet été j'emporte tout Proust
je profite toujours des vacances pour relire un auteur à fond. Pendant l'année, avec tout ce qu'on a à lire on n'en sort pas on se perd en mille choses...
c'est vrai
rien qu'avec "le Monde"!
Pour moi c'est la seule façon de me récupérer vraiment... l'été dernier j'ai relu tout Zola
c'est une bonne formule!
moi cette année j'hésite entre Michaux et Lacan
prenez Michaux
moi qui ne suis pas une intellectuelle je me régale avec Stendhal et
c'est valable...
Michaux est plus adéquat pendant les chaleurs!
vous vous souvenez de ce passage dans "Plume" heu... ...attendez...
s'il me reste du temps je relirai Barthes j'ai une admiration pour Barthes qui confine à l'adoration
oui Barthes!
je vais prendre Illich aussi... à la relecture on dépasse cet abord un peu systématique
j'emporte tout Guy des Cars et tous mes albums de Placid et Muzo
Gérard tu n'es absolument pas drôle!
!
il est merveilleux ton mari Christine!
BRETECHER

la biaiseuse

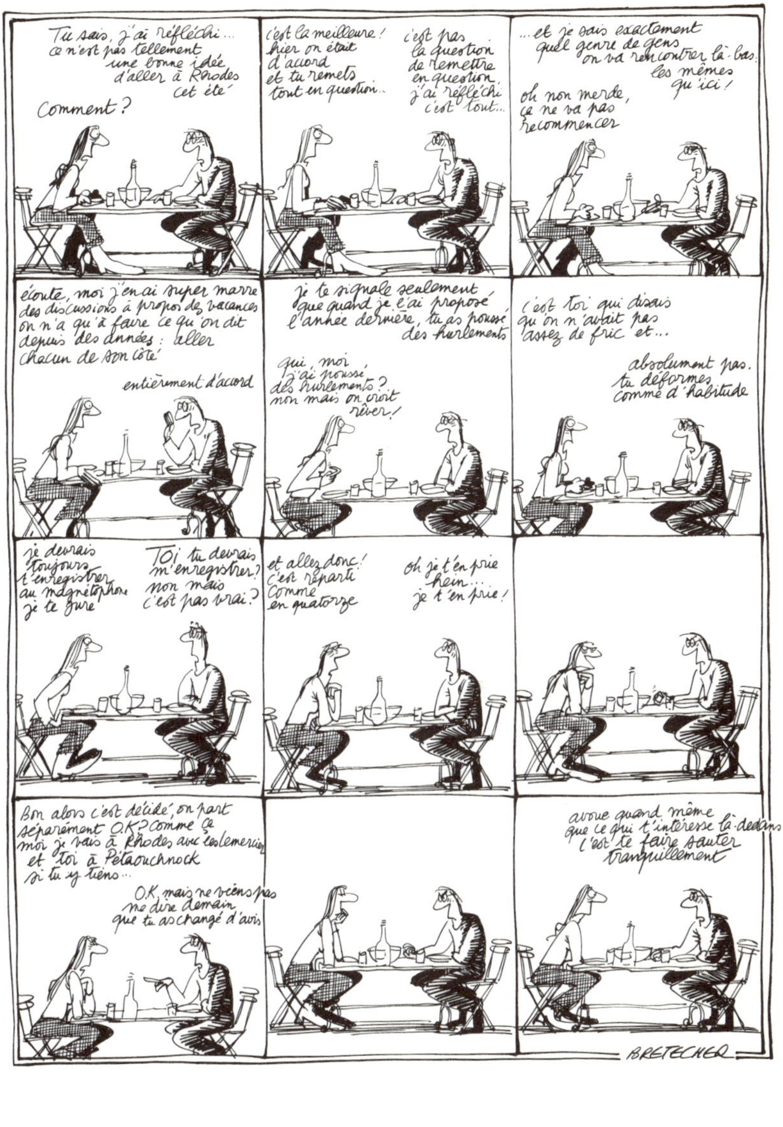
Tu sais, j'ai réfléchi... ce n'est pas tellement une bonne idée d'aller à Rhodes cet été
Comment ?
c'est la meilleure ! hier on était d'accord et tu remets tout en question..
c'est pas la question de remettre en question j'ai réfléchi c'est tout...
...et je sais exactement quel genre de gens on va rencontrer là-bas : les mêmes qu'ici !
oh non merde, ça ne va pas recommencer
écoute, moi j'en ai super marre des discussions à propos de vacances on n'a qu'à faire ce qu'on dit depuis des années : aller chacun de son côté
entièrement d'accord
je te signale seulement que quand je l'ai proposé l'année dernière, tu as poussé des hurlements
qui, moi j'ai poussé des hurlements ? non mais on croit rêver !
c'est toi qui disais qu'on n'avait pas assez de fric et...
absolument pas. tu déformes comme d'habitude
je devrais toujours t'enregistrer au magnétophone je te jure
TOI tu devrais m'enregistrer ? non mais c'est pas vrai ?
et allez donc ! c'est reparti comme en quatorze
oh je t'en prie hein... je t'en prie !
Bon alors c'est décidé, on part séparément O.K ? comme ça moi je vais à Rhodes avec les Lemercier et toi à Pétaouchnock si tu y tiens...
O.K mais ne viens pas me dire demain que tu as changé d'avis
avoue quand même que ce qui t'intéresse là-dedans c'est te faire sauter tranquillement
BRETECHER

MOUTON VOLE

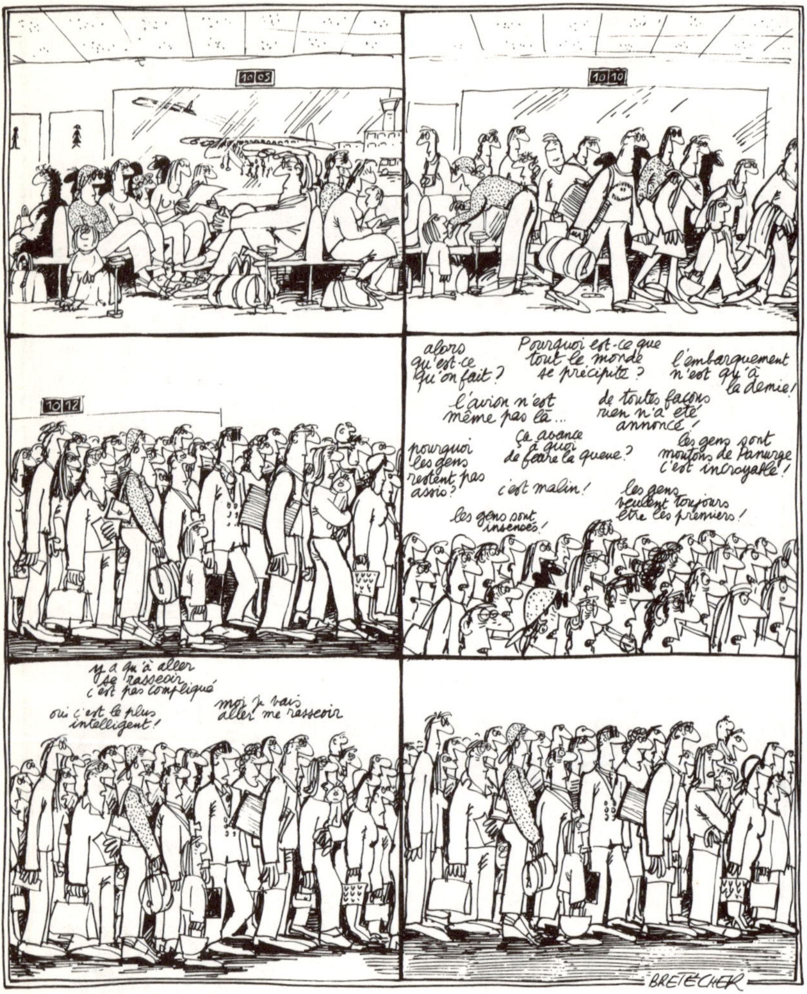
10 05
10 10
10 12
alors qu'est-ce qu'on fait?
Pourquoi est-ce que tout le monde se précipite?
l'embarquement n'est qu'à la demie!
l'avion n'est même pas là...
de toutes façons rien n'a été annoncé!
pourquoi les gens restent pas assis?
ça avance à quoi de faire la queue?
les gens sont moutons de Panurge c'est incroyable!
c'est malin!
les gens veulent toujours être les premiers!
les gens sont insensés!
y a qu'à aller se rasseoir c'est pas compliqué
oui c'est le plus intelligent!
moi je vais aller me rasseoir
BRETÉCHER

culte

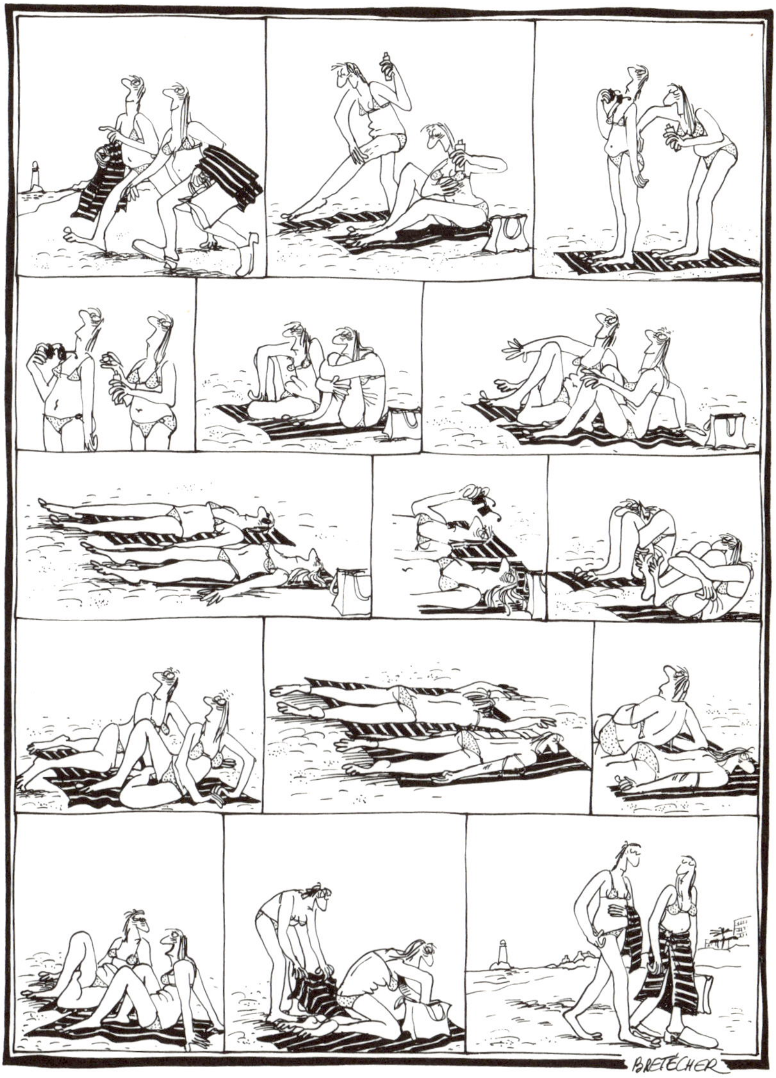

le vice et la vertu

en fait moi tu vois, je flippe un peu ici...
tu comprends on débarque comme en pays conquis, on claque du fric à tire-larigot, en fait c'est de la provocation!
je veux dire...
remarque ils ne vivent pas mal, ils mangent! les gosses sont beaux mais on fait quand même monter les prix
en fait!
il paraît qu'il y a deux ans un couscous c'était 200 millimes, maintenant c'est 5,600... facile!
qu'est-ce que tu veux il faut bien qu'ils en profitent!
c'est ce que je dis!
100 millimes monsieur?
en fait ils n'ont aucune éducation politique donc ils ont envie de posséder eux aussi, c'est logique...
100 millimes monsieur?
en fait c'est un viol économique et ne parlons pas du viol culturel!
100 millimes monsieur?
et voilà!.. à cause d'une attitude typiquement néo-colonialiste de touriste bourgeois, voilà un môme qui acquiert le sens de l'argent!
tu es content?
BRETECHER

FRIVOLITÉS

cette mode est complètement démente...
mais certains jours on aimerait presque se laisser retomber dans le vieux mythe
se sentir femme femme femme follement femme
c'est vrai quoi... on en a marre des jeans...
Ce ne serait pas impensable qu'il y ait un vieux bout de rouge à lèvres de la guerre de 14 quelque part par là...
j'attraperais facilement une mentalité de travelo moi en fin de compte...
BRETÉCHER

NOS AMIES LES BÊTES

mon chou!
mon ange! tu étais là et je ne le savais pas!
MMMMOU!
MMMMOOU!
qu'est-ce qui se passe? on ne te voit plus
tais-toi! en ce moment je m'éclate d'une façon insensée
tu sais le local que j'ai acheté aux Halles près du trou avec cette cave voûtée sublime, j'en fais une galerie...
noooon?
et alors ce que je veux c'est que le public puisse venir y lacérer les oeuvres exposées, je veux renouveler le concept d'oeuvre et ça ça me passionne
fantastique
tu comprends le public n'arrive pas à piger que détruire c'est aussi un acte de création... je veux absolument lui faire entrer ça dans le crâne
alors j'ai tout à faire, tu vois, contacter des exposants étudier les contrats discuter avec l'Assurance c'est simplement fou!
Charlotte travaille avec toi?
elle aurait bien aimé mais tu vois c'est plus possible
tu comprends elle aurait l'air de me seconder... non, Charlotte elle s'occupe d'un espace culturel pour femmes, tu vois, un endroit où les nanas puissent venir s'éclater
terrible
on se voit pratiquement plus, tu n'imagines pas à quel point ça crée de nouveaux rapports, c'est assez merveilleux
je n'ai plus un sou je dors deux heures par nuit je bosse dix-huit heures par jour je suis comme une bête
c'est fabuleux en ce moment Charlotte et moi on s'éclate comme des bêtes
BRETECHER

MON CUL EST UN CAMION

SALONS D'ESSAYAGE
ça va madame, vous le prenez ?
non
vous le prenez madame ?
oui
BRETÉCHER

le bras droit du directeur

lisez "ROUGE" : "les chômeurs occupent la Sainte Chapelle"
lâche-moi sombre crétin !
juste devant le siège de ma société ! ça t'amuse hein, pauvre conne ?
énormément c'est un gag extra. HA HA !
et quand je serai viré, comment feras-tu pour te taper des bottes à 800 tickets, tu peux me le dire ?
j'en ai rien à foutre de ton fric !... je peux me débrouiller toute seule !
tu m'as toujours tenue sous le boisseau et ça t'emmerde que j'en sorte voilà !
il va falloir que ça cesse !
d'accord... avec plaisir ! juste le temps de trouver un job créatif et je me tire, salut !
ta gueule ta mère est là ! je ne veux pas d'histoires avec la famille
bonjour mère
'man
bonsoir mes enfants
qu'est ce que c'est que cette revue Bérengère ?
oh c'est le journal intérieur de mon entreprise... ça amuse Bérengère de s'en occuper...
c'est très intéressant...
les chiens ne font pas des chats mon petit Jean-Xavier moi aussi j'ai toujours eu à cœur de seconder votre beau-père dans sa carrière...
en coulisses bien entendu
BRETECHER

LES MÈRES-POULES

dans une heure je dois aller chercher Romaine au karaté
ah? elle fait du karaté?
Calixte adore ça aussi. ça lui donne énormément confiance en lui
ensuite je l'expédie à l'expression picturale
Calixte fait poterie, vannerie, reliure, sculpture, un peu de litho...
on ne peut pas leur faire faire tout malheureusement
cela dit j'ai trouvé une fille extra qui a ouvert un cours d'expression corporelle
ça apprend quoi?
à faire le con. Remarque elle a toujours eu des dons mais ça la canalise
oui, faut canaliser
Sonia Rykiel
Aspi à Rine
le mercredi le mien va à des goûters de conversation anglaise c'est comme un goûter normal mais on n'y parle qu'anglais
c'est une anglaise qui organise ça
être bilingue c'est un tel atout pour un môme
j'ai entendu parler d'un atelier de créativité rue Félix Faure... c'est une ancienne élève des Arts Déco qui s'en occupe
si tu trouves l'adresse tu m'appelles
ce qu'il faut c'est ne pas les laisser inoccupés
je peux emmener Calixte au cheval avec Romaine si tu veux, le dimanche matin
oh dis donc qu'est ce que ça m'arrange!
il va adorer ça ça va le rendre vachement autonome
d'ailleurs à Pâques pour ses 9 ans j'inscris Romaine à un stage de palefrenier. ça fera toujours 15 jours de tirés
oh super!
on doit donner l'impression qu'on cherche à se débarrasser d'eux
tu plaisantes? c'est pour leur culture
sinon on culpabiliserait comme des bêtes
tu penses!
Aspi à Rine
Sonia Rykiel
BRETÉCHER

ATELIER D'EXPRESSION SUSPENSIVE

LE DOSSIER DE LA SEMAINE

je cherche un chômeur ! vous connaissez pas un chômeur ?
j'ai besoin d'un chômeur pour mon papier de demain c'est urgent !
mon beau-frère est chômeur
quel genre ?
cadre...
ça ne va pas !... il me faut un ouvrier dans les 35 ans un peu inquiet mais pas trop, tu vois ce que je veux dire ?
boh...
y a un million de chômeurs et Sitbon arrive pas à en trouver un seul, hé !
ce qu'il faut entendre dans un journal de gauche
Téléphone à l'Agence Nationale pour l'Emploi
ouais bonne idée eh !
allo, ici Guy Sitbon du Nouvel Observateur... je cherche un chômeur dans les 35 ans ouvrier un peu déprimé mais pas trop c'est pour un reportage
oui
non
oui
vous n'avez pas ce sous la main à l'instant même ?... ...merci... je rappellerai...
tu n'as qu'à aller voir leur petit choix
j'ai pas le temps mon papier est pour demain matin
salut
salut, dis donc tu connaîtrais pas un chômeur ?
si moi
non, pas toi il me faut un ouvrier !
ben écoute viens avec moi au bureau de chômage du XVIIIème je commence à connaître pas mal de monde là-bas je peux te présenter
on peut y aller tout de suite ?
O.K.
alors voilà ce que je cherche le chômeur de trente cinq ans
BRETECHER

NOSTALGIE

MINISTÈRE DE L'ENVIRONNEMENT
PROTECTION DE LA NATURE
PARC NATUREL À FEMMES-OBJETS
OBJETS SEXUELS
MÈRES
FEMMES AU FOYER
comme tu rentres tard mon chéri, tu travailles trop tu dois être crevé qu'est-ce que tu as fait aujourd'hui?
je parie que tu leur a encore rivé leur clou en beauté... je vais te dire : si ils sont pas contents c'est pareil!
je suis allée chercher ton costume au pressing, la tache a complètement disparu... dis donc, tu ne vas pas tarder à perdre un bouton là... je vais te le recondre tout de suite
DRING
terminé monsieur
le service n'est pas compris
dis donc Marylène ne me dis pas qu'il est déjà six heures?
six heures deux!
tu m'attends pour boire un coup?
pas ce soir...
je me grouille j'ai promis à mon mari de l'emmener au cinéma
à demain Giuguitte
BRETÉCHER

AMAZONE

Ça fait combien ?
vous plaisantez
moi, pourquoi ?
voyons je ne vais pas vous laisser payer
est-ce que par hasard vous me considéreriez comme une mineure ?
Gisèle, je vous ai invitée
absolument pas, on avait seulement convenu de déjeuner ensemble
enfin c'était sous-entendu
sous-entendu que je suis incapable d'assumer ma nourriture ?
écoutez...
vous estimez qu'il va de soi que vous me preniez sous votre aile ?
D'accord d'accord !
la prochaine fois je vous inviterai en bonne et due forme avec bon de commande et tout, ça va ?
on verra espèce de phallocrate !
finalement c'est merveilleux une femme forte... ça va me changer... je crois que je commence déjà à m'y faire...
mh...
vous savez on se croit forte et puis un jour on s'aperçoit d'une chose :
moralement on a toujours besoin de s'appuyer sur un être
voulez une cigarette ?
BRETECHER

LA TOTALE

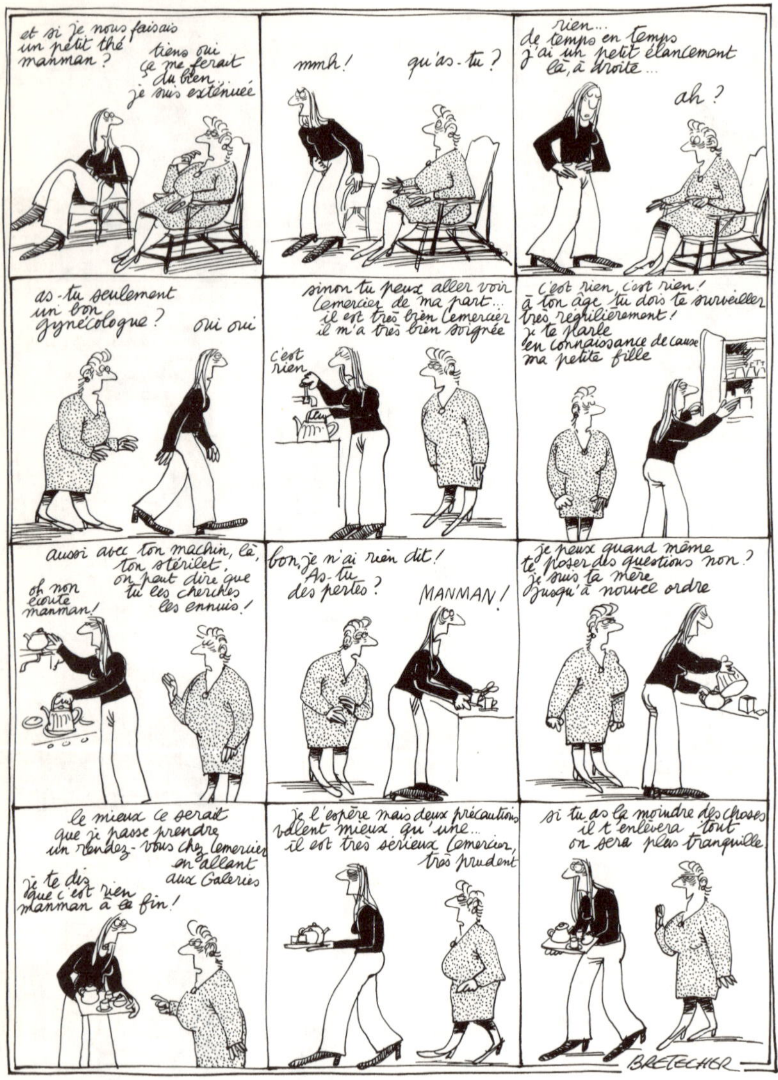
et si je nous faisais un petit thé manman ?
tiens oui ça me ferait du bien... je suis exténuée
mmh !
qu'as-tu ?
rien... de temps en temps j'ai un petit élancement là, à droite...
ah ?
as-tu seulement un bon gynécologue ?
oui oui
sinon tu peux aller voir Lemercier de ma part... il est très bien Lemercier il m'a très bien soignée
c'est rien
c'est rien c'est rien !
à ton âge tu dois te surveiller très régulièrement ! je te parle en connaissance de cause ma petite fille
aussi avec ton machin, là, ton stérilet, on peut dire que tu les cherches les ennuis !
oh non écoute manman !
bon, je n'ai rien dit ! As-tu des pertes ?
MANMAN !
je peux quand même te poser des questions non ? je suis ta mère jusqu'à nouvel ordre
le mieux ce serait que je passe prendre un rendez-vous chez Lemercier en allant aux Galeries
je te dis que c'est rien manman à la fin !
je l'espère mais deux précautions valent mieux qu'une... il est très sérieux Lemercier, très prudent
si tu as la moindre des choses il t'enlèvera tout on sera plus tranquille
BRETECHER

LES COLLABOS

c'est pas vrai ?... pas toi !...
dis-moi que tu rentres au Carmel, dis-moi que tu fais des photos pour "LUI", dis-moi n'importe quoi mais pas ÇA !
et avec un mec qui bosse chez Rank Xerox ?... c'est trop... je rêve !...
et enceinte en plus ? après avoir fait la permanence au M.L.A.C. pendant trois ans... c'est un gag ?...
après tout ce que tu as dit sur le conditionnement... après les articles que tu as écrits dans "le Torchon Brûle" ?... non mais c'est complètement dément !...
et puis tu as toujours dit que tu détestais baiser avec un mec !... Et Odile, qu'est-ce qu'elle en dit, Odile ?... vous vivez ensemble depuis deux ans non ?
et ton boulot ?... soi-disant qu'y avait que ça qui t'intéressait et maintenant tu vas habiter Rennes !... j'ai jamais rien entendu de pire de ma vie !
faudrait pas te pousser beaucoup pour te faire dire que c'est pour faire plaisir à ta mère...
hein que c'est pour faire plaisir à ta mère ? dis-le !... non mais dis-le !
Bon allez déconne pas quoi ! c'est un moment de déprime, ça va passer... c'est pas possible...
bon dieu mais dis quelque chose Martine !
j'ai déposé une liste chez Habitat
BRETECHER

Clinique Jeanne d'Arc

CLINIQUE JEANNE D'ARC
madame Dublé entreé lundi 17 heures... mmh... vous avez votre prise en charge ?
mademoiselle Dugland voulez-vous venir me chercher une appendicite pour la chambre 38 s'il vous plaît ?
vous vous couchez et on va venir s'occuper de vous
on est au dodo, bon très bien mais il faut rentrer ses jambes sous les draps
et voilà le petit sucre d'orge
37.4! c'est mignon ça!
est-ce qu'on veut faire un petit pipi ? non ? on a déjà fait ?
et voilà la sousoupe et la petite compote et après on fait dodo
OUAAAAA
TSSS TSSS... allons allons qu'est-ce que c'est que ça ? on va pas faire le bébé maintenant hein ?
BRETÉCHER

LA FEMME ET LA CREATION

Aujourd'hui dans le cadre de notre émission : "les Rigolos du Dimanche" nous recevons Janine Lemercier, créatrice de la saucisse musicale et de la structure ludique de Bagneux, Janine Lemercier, la création est-elle vraiment plus difficile pour une femme ?
je voudrais d'abord dire une chose très importante : la création est un privilège de classe...
mais en tant que femme avez-vous rencontré des difficultés particulières ?
je voudrais dire que l'éducation des enfants ou le barattage du beurre sont aussi des activités créatrices
c'est très important
oui mais dans votre domaine...
Comment voulez-vous qu'une femme écrasée par les charges ménagères puisse accéder à ce qu'on appelle vulgairement la réussite ?
oui mais pouvez-vous nous dire si dans le secteur presque exclusivement masculin qu'est la sculpto-architecture vous vous êtes heurtée à...
c'est un problème de société
vous n'allez quand même pas prétendre le contraire ?
certes mais en tant que femme n'avez-vous pas rencontré une certaine hostilité de la part des hommes ?
mais puisque je vous dis...
je pose ma question différemment vous a-t-on mis la main au panier ?
je n'ai eu aucun problème parce que je suis une privilégiée
je suis une privilégiée, je suis une bourgeoise mon cas n'a donc pas valeur d'exemple !... d'ailleurs ce qui est intéressant c'est la création collective
je suis une privilégiée si j'ai réussi ce n'est pas de ma faute c'est la faute de la société !
oui mais en tant que fa...
l'Oeuvre de Janine Lemercier pour révolutionnaire qu'elle soit n'en reste pas moins oeuvre de privilégiée...
oh pourrai-je jamais expier ?...
bottez-moi les fesses s'il vous plaît
merci Janine Lemercier
BRETECHER

SEINS SUSPENSE

le docteur M. endocrinologue vous dit : " Toute femme peut avoir des seins parfaits quelle que soit leur forme de base...
MarieELLE
... s'ils sont petits...
... s'ils sont gros...
... s'ils sont en pomme...
... s'ils sont en poire...
s'ils sont en meringue...
... s'ils sont en gants de toilette...
... s'ils sont carrés...
... s'ils sont bas...
... s'ils sont hauts... "
jamais, jamais rien pour mon cas !
BRETECHER

LES MILITANTES

ça devient plus possible avec les nanas j'ai envie de laisser tomber
quand on a créé le groupe "FEMMES" on pensait qu'on pouvait développer une action au niveau du quartier tu vois...
alors on a organisé des tables rondes de prise de conscience où les filles pouvaient s'exprimer, tu vois. eh ben depuis trois ans on n'a parlé que de sexe, que de sexe, que de sexe !
après toutes les histoires d'avortement que j'ai entendues j'ai plus qu'une envie c'est d'avoir six mômes...
elles disent que je refuse de voir mes problèmes de peur de me remettre en question, bon, d'accord, mettons, à la rigueur
seulement quand je leur dis qu'il faut trouver du fric pour acheter une nouvelle ronéo, elles disent que je retombe dans les schémas masculins
ça m'énerve tu vois...
les théories ça commence à me fatiguer, et moi je trouve que l'élimination totale des mecs de la surface du globe c'est un peu théorique justement
merde
alors elles me traitent d'hétéro !
BRETÉCHER

OEIL DE LYNX

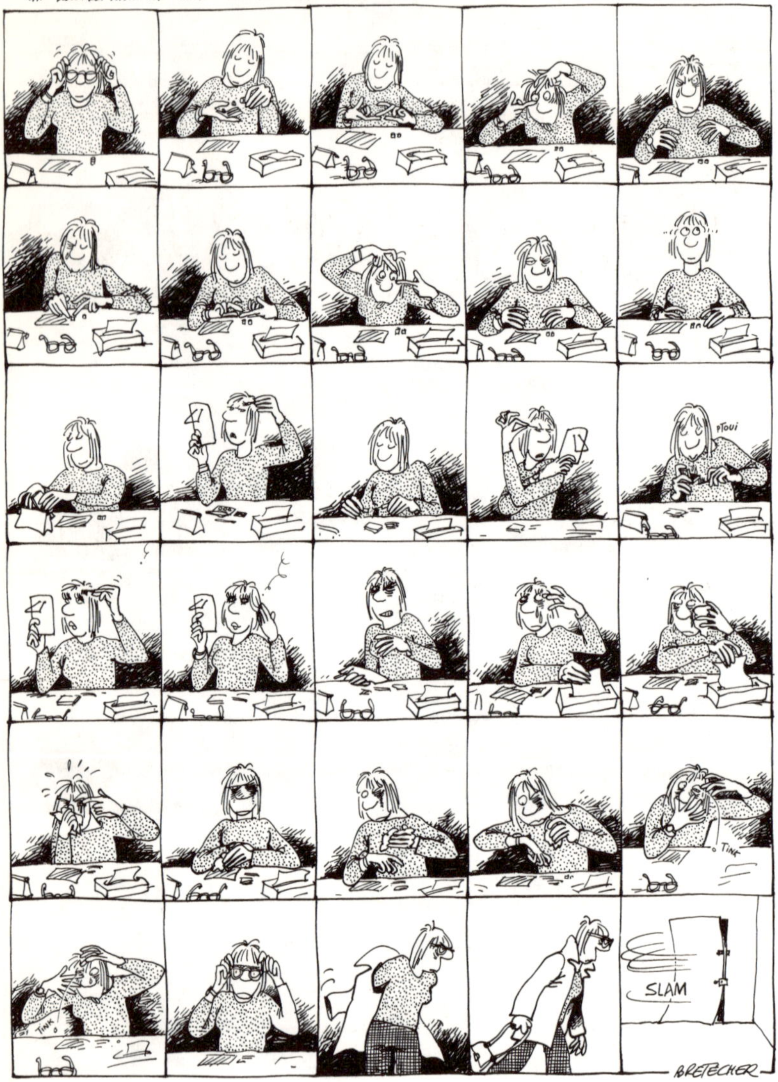
PTOUI
TINK
TINK
SLAM
BRETECHER

MA MOITIÉ DE CITRON

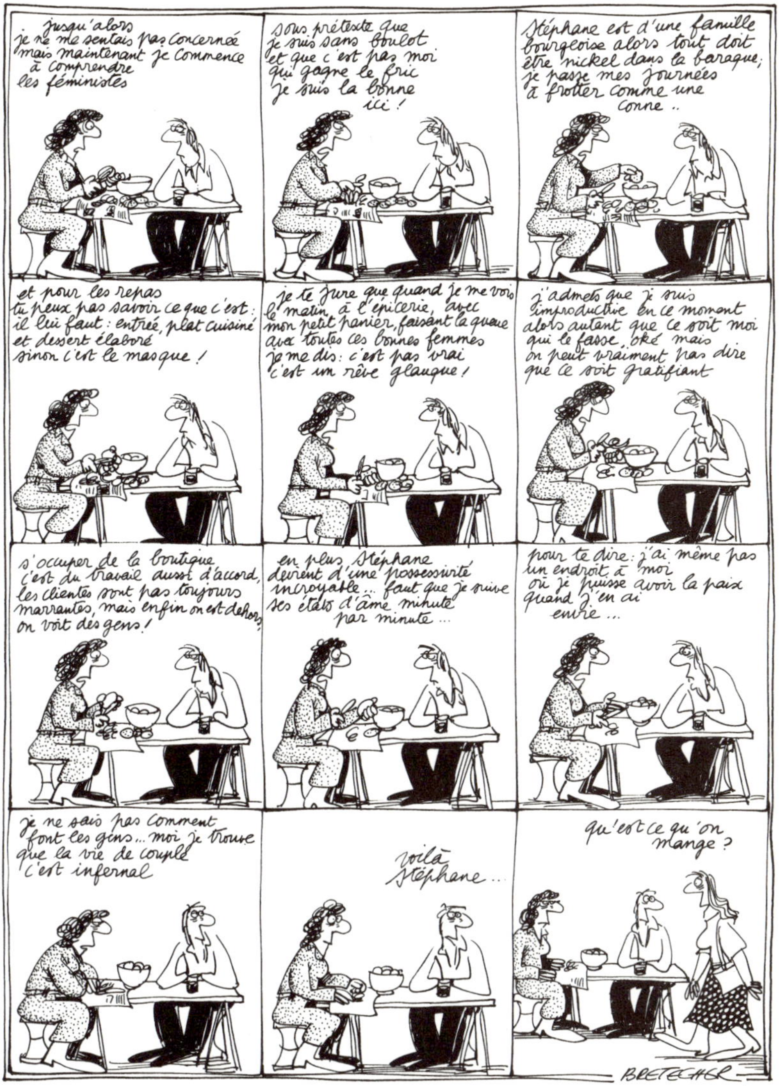
jusqu'alors je ne me sentais pas concernée mais maintenant je commence à comprendre les féministes
sous prétexte que je suis sans boulot et que c'est pas moi qui gagne le fric je suis la bonne ici !
Stéphane est d'une famille bourgeoise alors tout doit être nickel dans la baraque ; je passe mes journées à frotter comme une conne ..
et pour les repas tu peux pas savoir ce que c'est : il lui faut : entrée, plat cuisiné et dessert élaboré sinon c'est le masque !
je te jure que quand je me vois le matin, à l'épicerie, avec mon petit panier, faisant la queue avec toutes ces bonnes femmes je me dis : c'est pas vrai c'est un rêve glauque !
j'admets que je suis improductive en ce moment alors autant que ce soit moi qui le fasse, oké mais on peut vraiment pas dire que ce soit gratifiant
s'occuper de la boutique c'est du travail aussi d'accord, les clientes sont pas toujours marrantes, mais enfin on est dehors on voit des gens !
en plus Stéphane devient d'une possessivité incroyable... faut que je suive ses états d'âme minute par minute ...
pour te dire : j'ai même pas un endroit à moi où je puisse avoir la paix quand j'en ai envie ...
je ne sais pas comment font les gens... moi je trouve que la vie de couple c'est infernal
voilà Stéphane ...
qu'est ce qu'on mange ?
BRETECHER

Librio

738

Composition PCA – 44400 Rezé
Achevé d'imprimer en France par Aubin
en octobre 2005 pour le compte de E.J.L.
87, quai Panhard-et-Levassor, 75013 Paris
Dépôt légal octobre 2005

Diffusion France et étranger : Flammarion